Erotische Fantasieën
Collectie

Vol. 1
Erika Sanders

Erotische Fantasieën Collectie

Erika Sanders

Serie

Erotische Fantasieën Collectie Vol. 1

Korte inhoud

Dit boek bestaat uit de volgende fantasieën:

1 - Fantasie in het park

2 - Getrouwd en ontevreden vrouw

3 – De vader van mijn vriend

4 – Fantasie met vreemden

5 – Ontrouw met volwassenen

Erotische Fantasieën Collectie, een
serie romans met een hoog romantisch
en erotisch taboe-gehalte.

(Alle personages zijn 18 jaar of ouder)

Erika Sanders is een internationaal gerenommeerde schrijfster, vertaald in meer dan twintig talen, die haar meest erotische geschriften, ver van haar gebruikelijke proza, ondertekent met haar meisjesnaam.

Inhoudsopgave:

Korte inhoud

Opmerking over de auteur:

Inhoudsopgave:

EROTISCHE FANTASIEËN COLLECTIE ERIKA SANDERS

FANTASIE IN HET PARK

GEHUWDE EN ONTEVREDEN VROUW

DE VADER VAN MIJN VRIEND

FANTASIE MET VREEMDEN

ONTROUW MET VOLWASSEN

EINDE

EROTISCHE FANTASIEËN COLLECTIE
ERIKA SANDERS

FANTASIE IN HET PARK

Het was zaterdag en er is meestal geen actie in mijn Colonia, dus besloot ik een wandeling te maken in het park in het naburige Colonia, om te kijken wat voor vismogelijkheden er daar waren, aangezien dat park de reputatie had dat je daar heel gemakkelijk aan kunt sluiten

.

Ik kleedde me heel sexy en flirterig en maakte me klaar om richting het park te gaan, het was een beetje ver om te lopen, dus ik vroeg om een Uber.

De chauffeur kende mij al omdat ik eerder diensten bij hem had aangevraagd, dus ik zat vol vertrouwen op de stoel van de voorpassagier.

Ik vroeg hem om me naar het park te brengen en we raakten aan de praat. De

waarheid is dat ik er super sexy uitzag, bijna onweerstaanbaar , dus de jongen begon op een afwijkende manier te praten. Er was een moment waarop hij opgewonden raakte en zijn hand op mijn been legde, terwijl ik een rok droeg, omdat mijn panty mocht gezien worden.
.

Dus we waren aan het praten, hij wilde zijn hand al op mij leggen en om hem te plagen deed ik mijn benen een beetje open, hij begon mijn geslacht over mijn slipje te strelen... Maar dat is een ander verhaal, het eindigt hier omdat we al waren aangekomen bij het park dus ik stapte uit, ik wilde hem betalen, maar hij weigerde, daar waarschuwde hij me de volgende keer. Als je wilt weten wat er daarna gebeurt, mis dan deze reeks erotische fantasieën niet.

Ik kocht een heerlijk ijsje en maakte een wandeling door het park om mezelf te laten zien en te kijken of ik iets kon krijgen.

Zo liep ik een tijdje totdat een volwassen man naar me toe kwam en tegen me begon te praten. Je weet al dat mijn delirium volwassen is, dus ik accepteerde het graag.

We waren heel leuk aan het praten, plotseling vroeg hij me hoe oud ik was, en ik vertelde hem dat ik 19 ben. Ik zie er echt ouder uit, omdat ik erg ontwikkeld ben, sinds ik 13 was , heb ik al lage passies wakker gemaakt, maar ik zal vertel hem daar later over.

Met een verlegen stem en een flirterige blik vroeg ik hem: hoeveel heb je er? 23 reageerden.

Ik was verrast omdat uit zijn uiterlijk duidelijk blijkt dat hij een oudere man is, minstens 60 jaar oud. Heb ik hem verteld hoe? Je ziet er wat ouder uit.

Hij glimlachte sluw en vertelde me 23 cm... hij hij ...

Ik werd helemaal rood, nerveus en slikte speeksel in zodra ik ah kon zeggen!

De grappige kerel bleef me uitdagen en keek me recht in de ogen. Hij vroeg zich schaamteloos af: hoeveel van jullie vind je leuk?

Ik werd weer rood en nog nerveuzer, maar ik probeerde het te verbergen en zei tegen hem: 'Eigenlijk houd ik van oudere mensen,' zei ik een beetje flirterig.

Hij glimlachte geamuseerd en vertelde me: wat denk je ervan als we naar de bioscoop gaan, ze vertonen een hele goede film, kwaadwillig glimlachend, ik accepteerde het meteen en we gingen naar de bioscoop die dichtbij was.

In de bioscoop worden alleen pornofilms vertoond, dat wist ik al omdat ik ooit met een paar vrienden van Cole op uitje was, maar daar ga ik later in een andere publicatie over vertellen.

Het is al bekend dat het in die bioscopen bijna helemaal donker is, je merkt nauwelijks de lichtreclames voor de badkamers, dus het leent zich voor allerlei manoeuvres als je er zin in hebt.

En natuurlijk was ik er klaar voor.

Het duurde niet lang voordat de man een arm achter me sloeg. Ik kwam naar hem toe en terwijl ik zachtjes mijn wang kuste, begon hij mijn borsten te strelen. Dat maakte me erg nerveus, en ik keek overal om te controleren of niemand ons zag. In werkelijkheid kon niemand ons zien in die duisternis, dus ik probeerde te ontspannen en mezelf dat te laten doen.

De man slaagde erin mijn borsten uit mijn kleren te halen en begon eraan te zuigen. Meteen gingen mijn tepels rechtop staan en werden superhard, wat hij meteen merkte en hij betastte mij steeds meer en zoog aan mij dat ik al super opgewonden was.

Plotseling legde hij zijn hand op mijn been en zoals ik je al vertelde, door het rokje dat ik droeg, waren mijn benen en slipje te zien. Onmiddellijk en automatisch spreidde ik mijn benen en paste mezelf aan zodat hij ervan kon genieten.

Hij begon me te betasten, en zodra ik zijn vingers over mijn geslacht voelde wrijven, kon ik het niet laten. Ik spreidde mijn benen verder en pakte zijn pik over zijn broek en begon hem heel goed te strelen.

Hij legde zijn hand in mijn geslacht en merkte hoe ik al helemaal nat was, hij werd opgewonden en stak zijn vingers zo veel mogelijk in mij, ik moest op mijn benen gaan staan om zijn manoeuvre te vergemakkelijken, toen ik voelde dat hij mijn clitoris aanraakte , het werd moeilijk en goed om te wachten om meer te ontvangen, ik was super opgewonden, ik boog me naar hem toe en begon aan zijn pik te zuigen, hij was ook al erg opgewonden, ik voelde hoe hij groeide met elke zuigbeurt van mij, ik realiseerde me dat de 23 cm waarvan Hij mij had verteld dat het geen leugens waren.

Het werd al erger, toen ze plotseling mijn hand pakte en die van haar pik afhaalde, ze haar hand uit mijn geslacht haalde en met zachte stem, maar ze leek super opgewonden, laten we gaan, zei ze tegen mij.

Ik wist meteen wat er ging gebeuren en zonder te wachten tot hij het tegen mij zou herhalen, nam ik de moeite niet en stond op en we vertrokken daar.

We staken de straat over en gingen meteen naar een klein motel vlakbij de bioscoop.

Zonder een woord te zeggen kleedden we ons uit en zonder tijd te verspillen besprong ik hem en maakte me klaar om door te gaan met het pikzuigen dat ik hem in de bioscoop gaf. Hij bedankte me door mijn benen te spreiden en zijn gezicht tussen mijn geslacht te plaatsen, wat ik tegen die tijd was super nat, mijn clitoris was nat en stond op en verlangde ernaar door een tong geproefd te worden.

We deden 69 minuten lang totdat mijn hoer, ik bovenop zijn lul kwam en met één ruk de lul van 23 cm erin stopte die hij me had beloofd, ik kwam bijna van de opwinding en lust die me vervulden.

Dus we brachten een hele tijd door met neuken in verschillende posities. Toen ik besefte dat hij zou komen, ging ik onmiddellijk op handen en knieën met mijn rug naar hem toe en als de echte hoer die ik ben, bood ik hem schaamteloos mijn kont aan.

Hij aarzelde geen seconde, hij vulde me met speeksel en net toen ik zijn enorme hoofd in me voelde binnendringen, maakte ik een kreun van pijn, lust en opwinding en begon ik als een gek te bewegen, hem te provoceren en te smeken om meer lul.

Hij had geen medelijden meer met mij en stak de rest van zijn pik die buiten bleef in mijn kont. Het deed me schreeuwen van de pijn, maar in plaats van weg te komen, kneep ik in mijn kont en begon wild te bewegen. Zo bleven we een tijdje totdat ik enorm klaarkwam . Toen hij besefte dat hij het niet langer kon volhouden, kwam hij in mij en vulde mij helemaal met zijn kokende melk.

Het was de eerste keer dat ik een lul van 22 cm doorslikte , en ik beloof je dat dit niet de laatste keer of de laatste grote lul was die ik neukte.

GEHUWDE EN ONTEVREDEN VROUW

Ik ben een modelhuisvrouw, jong, mooi, sexy, met een goed lichaam, getrouwd en ontrouw, het soort meisje waar alle getrouwde mensen van dromen.

Maar het blijkt dat mijn man ook heel jong is, maar dat is hij wel, zonder enige ervaring. En ik ben niet geïnteresseerd om hem iets te leren. We zijn dus getrouwd, maar niets over seks en de waarheid is dat ik, dankzij mijn vader, er volledig zeker van ben dat ik daarvoor geboren ben, om seks te hebben, om als een gek te neuken, en de waarheid is dat het me echt niets kan schelen wie, het punt is om te neuken en plezier te geven aan het lichaam, pfff.

De tijd kwam dat mijn vrienden op school mij Random Girl begonnen te noemen vanwege de hoeveelheid dingen

die mij waren overkomen, de meeste
gingen over seks.

Toen ik een keer met mijn man naar de
bioscoop ging, was het halfvol en een
beetje donker, dus we konden niet goed
zien of er plaatsen voor ons waren, dus
bleven we leunen op het kleine barretje
dat uitkijkt op het gangpad aan de
achterkant van de bioscoop. de stoelen.

Zo waren we ook, toen plotseling een
man me van achteren begon te wrijven,
met enige huichelarij, zodat mijn man
het niet zou merken. Ik wilde ook niets
zeggen, zodat hij er niet achter zou
komen.

Dus nadat hij zijn pik tussen mijn benen
wreef, terwijl ik niets zei, raakte hij
opgewonden en begon hij heimelijk mijn
billen te strelen, over mijn jurk heen.

Degenen die mij al langer volgen weten
dat ik altijd supersexy gekleed de deur
uit ga, voor wat er ook aangeboden
wordt uiteraard. Hetzij met een kort
rokje en een blouse met halslijn. Of zoals
deze keer, een kort strak jurkje met een
halslijn. Door de stof van mijn jurk kan
ik je aanraken en het gevoel hebben dat
je bijna mijn lichaam aanraakt, die stof is
zo rijk, daarom draag ik graag zulke
jurken.

Stel je eens voor wat de jongen voelde
toen hij mij betastte; hij kon mijn
lichaam bijna in al zijn pracht voelen.

Op dat moment vertelde mijn man me
dat er een plek vrij was, dat ik moest
gaan zitten. Ik zei tegen hem: maak je
geen zorgen, het gaat hier goed, je kunt
maar beter daarheen gaan, en dat deed
hij ook.

De jongen begreep dat ik hem me liet blijven aanraken en zijn liefkozingen begonnen steeds gedurfder te worden, en net als de goede hoer die ik ben, liet hij me toe.

Ik tilde mijn jurk op tot mijn blote billen en slipje zichtbaar waren. Hij begon ze te strelen, erg geil. Toen hij te geil werd, haalde hij zijn pik tevoorschijn, leunde naakt tegen me aan, pakte me bij mijn middel en begon hem midden op mijn billen te wrijven.

Wat voelde die hete en kloppende pik heerlijk tussen mijn billen, en hij leunde ook tegen me aan en wreef me heel goed. Kort daarna scheidde hij mijn slipje en begon zijn pik rechtstreeks over mijn geslacht te wrijven, tegen die tijd was ik al supernat.

Ik draaide me naar hem toe en leunde met mijn rug naar de bardita , ik legde mijn slipje opzij, ik pakte zijn pik en begon zelf mijn seks met zijn pik te wrijven.

Het duurde niet lang, toen de jongen mijn borsten uit mijn jurk haalde en eraan begon te zuigen, werden mijn tepels superhard en goed gepositioneerd, dat is een teken dat ik al erg geil ben, op dat moment alles, absoluut alles. Het is het mij waard geweest, moeder.

Ik pakte zijn pik en plaatste hem in mijn geslacht, ik pakte zijn middel vast en trok hem naar me toe, als duidelijk teken dat hij hem in mij moest stoppen. Hij wachtte niet lang, trok me bij mijn middel en boog zich een beetje voorover. Hij stopte zijn hele pik in mijn geslacht, dat al helemaal nat was, dus het was niet moeilijk voor hem om hem erin te stoppen.

Dat was heerlijk, verboden seks is de beste en met niets te vergelijken, stel je voor, neuken in de bioscoop, vol met mensen, met mijn man in de buurt, en de jongen met een hete, enorme, dikke lul met een groot hoofd, gewoon de zoals ik ze leuk vind, precies zoals mijn vader eraan gewend raakt.

We waren maar een paar minuten zo, de jongen liet me klaarkomen met spuiten, ik deed enorm mijn best om niet te schreeuwen, hoewel er wat gekreun van plezier, van lust, van koorts uitkwam, ik klampte me vast aan de jongen en drukte mezelf hard tegen zijn pik en dat was genoeg. zodat er enorme stralen melk vrijkwamen. Ik kon het niet meer uithouden, mijn benen knikten en ik knielde voor hem neer, ik maakte van dat moment gebruik om hem heel goed te pijpen en goed schoon te maken, zoals het hoort...

Op het moment dat de jongen vertrok, kwam mijn man terug omdat hij op het punt stond de film af te maken en we omhelsden elkaar om de bus naar ons huis te nemen.

DE VADER VAN MIJN VRIEND

Die dag voelde ik me een beetje opgewonden, wat heel vreemd is omdat ik altijd veel haha heb , dus besloot ik mijn vriend te bezoeken en hem een kleine verrassing te geven. Om thuis te komen. Ik klopte aan en zijn vader opende de deur voor mij. Hallo lieverd, zei hij tegen me, kom binnen, mijn zoon is er niet, maar hij komt snel terug. Ik slaagde met het volste vertrouwen omdat hij mij al kende vanaf de middelbare school, verder had ik veel vertrouwen in hem en wist ik dat hij mij enorm waardeerde.

Ik ging naar de woonkamer en zag tot mijn verbazing dat hij met een vriend van hem aan het drinken was. Ik weet niet waarom ik had aangenomen dat hij alleen was. Feit is dat ik hallo zei en ze me in het midden van de twee lieten zitten, zoals altijd ging mijn rok omhoog en liet mijn mooie dijen zien, en zoals altijd deed ik niets om onder andere mijn rok te laten zakken, dat vind ik geweldig mannen zien mij en als ze volwassen zijn, dan beter. En op dat moment zat ik tussen twee volwassen mannen met mijn rok tot aan mijn dijen.

Blijkbaar hechtten ze daar geen enkel belang aan en vertelden ze me dat ze naar een pornofilm keken, dat als ik die wilde zien, ze hem anders zouden veranderen. Dat stoorde me niet echt , dus ik vertelde hem dat het prima was, voor mij is het geen probleem.

Ze boden me een drankje aan en ik accepteerde het. Ik vond dat het drankje dat ze me gaven een beetje sterk was, maar op 18-jarige leeftijd was ik niet van plan om stom te doen, dus ik zei niets en dronk het. De waarheid is dat ik niet veel alcohol drink en dat ik door dat drankje vrijwel onmiddellijk duizelig word. Het ergste is dat ze me er nog een aanboden

en opnieuw accepteerde ik het en
opnieuw voelde ik me duizelig.

Ik zei niets, ik bleef naar het scherm
kijken, de film was al erg heet geworden,
er waren twee oudere mannen die
genoten van een jong meisje. Op dat
moment drong het tot me door dat ik
alleen was met twee oudere mannen!!!
en de drank, de waarheid is dat ik al geil
werd, ik schaamde me een beetje om me
zo te voelen naast die mannen en een
van hen was de vader van mijn vriend. Ik
voelde me een beetje nerveus. Ik voelde
me nog erger toen de vader van mijn
vriend een arm achter mijn schouders
legde, iets dichterbij kwam en me
vertelde dat ik al heel mooi was
geworden. Hoe beschaamd ik me ook
voelde voor de alcohol en hoe geil ik me
ook voelde, het lukte me alleen om mijn
hoofd op de rugleuning van de bank te
laten leunen en in zijn ogen te kijken zei
ik dankjewel. Hij pakte met één hand
mijn gezicht vast, ik was supernerveus,

want afgezien van alles had die man mij ondanks zijn leeftijd altijd heel aantrekkelijk geleken. De twee mannen waren waarschijnlijk rond de 60 jaar oud, zo niet ouder. Ik wist niet wat ik moest doen en het enige wat ik kon bedenken was mijn ogen sluiten terwijl ik zijn enorme hand op mijn gezicht voelde, het voelde warm aan, erg lekker.

De man durfde het aan en plantte een enorme kus op mijn mond, wat mij verraste. Ik werd supernerveus, ik wist niet wat ik moest doen, ik was erg stil toen ik tot mijn verbazing mijn mond opende zodat hij mij kon kussen naar believen. , en niet alleen dat, maar ik gaf hem mijn tong, je weet wat dat betekent, het betekent dat je geil bent en dat je jezelf aan hem overgeeft voor wat hij maar wil.

Nou, wat hij wilde was onder mijn blouse reiken en mijn borsten strelen. Je weet al hoe ik reageer als iemand mijn tieten aanraakt. Onmiddellijk stopten mijn tepels en werden superhard. Hij besefte en wist dat dit het signaal was voor de volgende stap. De volgende stap was dat hij aan mijn tepels begon te zuigen. In plaats van daar weg te lopen en te zien hoe gevaarlijk dit al werd en mijn vriend niet zou komen, slaagde ik er alleen in mijn benen uit elkaar te krijgen en een hand op zijn enorme bobbel te leggen die al zichtbaar was onder zijn broek.

Hij accepteerde mijn levering en begon zijn hand tussen mijn benen te leggen, het lukte me alleen maar om ze verder van elkaar te scheiden. Toen hij dit zag, fleurde de vriend op en begon ook aan mijn tepels te zuigen. Dat windde me echt op, het feit dat twee oudere mannen hun handen op me legden en aan mijn tepels zuigen, één aan elke kant, het is niet iets om stil te blijven staan, dat maakt me vooral gek. Dus, zonder erover na te denken, legde ik mijn andere hand

op de penis van de andere man en begon
ze allebei te strelen. Ze lieten
onmiddellijk hun broek zakken en
haalden hun pikken eruit zodat ik ze
naar mijn zin kon strelen, wat ik zonder
enig probleem deed.

De klootzakken hadden enorme lullen,
groot, dik en met een grote kop, precies
zoals ik ze graag heb , en ik maakte me
klaar om ervan te genieten, waarbij ik ze
allemaal met elke hand aanraakte,
terwijl ze zichzelf bleven verwennen
door aan mijn tepels te zuigen. Als je je
die scène kunt voorstellen, zul je
begrijpen dat ik al meer dan geil was. De
vader van mijn vriend zat op de
armleuning van de bank en bood me zijn
enorme lul aan, die ik onmiddellijk
accepteerde zonder na te denken. Ik ging
op handen en voeten op de bank zitten
en leunde op die mooie lul en begon
eraan te zuigen. Het smaakte heerlijk,
enorm , heet en het wond me op hoe het
in mijn mond klopte. De andere man

profiteerde en kwam onder mij, trok
mijn slipje uit en begon mijn geslacht te
likken, dat tegen die tijd al supernat was.
De man had er plezier in om aan mijn
klitje te zuigen en mijn sappen te
drinken. Ik was al meer dan voorbereid
op wat ging komen.

Ze stonden op uit de positie waarin ze
op de bank zaten en de vader van mijn
vriend ging op zijn rug liggen als
duidelijk teken dat ik hem moest
bestijgen en dat deed ik ook. Ik ging op
zijn buik zitten en pakte zijn pik, plaatste
hem op mijn geslacht en in één keer
zette ik hem tegen mijn ballen, ik werd
gek en begon als een gek te bewegen,
wat hield ik van die pik, hij voelde
enorm, heet, Ik Het vulde alles. De
andere man benaderde me van achteren
en tilde mijn billen op, hij vulde me van
achteren met speeksel en zonder water
te zeggen, hij stopte zijn enorme lul in
mijn kont, ik kreunde van de pijn, hij
haalde hem er een beetje uit, hij paste

hem aan mij aan beter en ik begon mijn kont te bewegen, dat was voor hem het signaal om alles in één keer van achteren in mij te stoppen. Ik kreunde, zuchtte en bewoog als een gek. Kun je je voorstellen hoe het is om van voren en van achteren opgesloten te worden door twee prachtige pikken van twee volwassen hengsten? Dat is een droom voor elk heet schoolmeisje. En op dat moment was ik er al mee bezig. Je zult dus alle lust begrijpen die op dat moment aanwezig was. Ik was ongeremd en bewoog me als de echte slet die ik ben, en ik schaam me er niet voor om het toe te geven. Van alle vriendinnen op mijn school ben ik de sletterigste en dat vind ik geweldig. En dat weet iedereen.

Er was een moment waarop de twee mannen van positie wisselden en ze botsten opnieuw tegen me aan, waardoor ik me op dat moment de gelukkigste vrouw ter wereld voelde. Je moet niet alleen weten hoe je een hoer moet zijn en jezelf aan wie dan ook moet geven, het is ook belangrijk om te weten hoe je van lekker neuken kunt genieten, en op dat moment genoot ik tegelijkertijd van twee uitstekende neukbeurten.

Ik kon het niet meer aan en kwam enorm spetterend alle kanten op. Toen ze dat zagen, vielen de twee mannen harder aan totdat ze in mij eindigden, de een van voren en de ander van achteren, waarbij ze me aan beide kanten met kokende melk vulden. Je man laten klaarkomen is een bron van voldoening voor iemand, maar twee mannen tegelijkertijd in je laten komen is van onschatbare waarde.

Nou, mijn vriend is nooit aangekomen en daar was ik dankbaar voor, ik zou het vreselijk hebben gevonden als ze ons hadden onderbroken in die geweldige dubbelneuk.

Natuurlijk werden die bezoeken aan het huis van mijn vriend als hij weg was vele malen herhaald.

FANTASIE MET VREEMDEN

Op een keer nodigde mijn vriend mij uit bij hem thuis voor een ontmoeting met vrienden, iets wat heel gebruikelijk was en dat we regelmatig deden, en waar ik meteen op inging.

Meestal sluipen mijn vriend en ik tijdens die bijeenkomsten op een gegeven moment weg om even snel te neuken en keren dan terug naar de bijeenkomst. Iedereen wist dat en bijna iedereen deed hetzelfde.

Wat mij bij die gelegenheid verbaasde was dat er alleen maar jongens waren, geen vrouwen, en dat ze allemaal volslagen vreemden voor mij waren. Toch zei ik niets en begonnen we gezellig te drinken en te praten.

Op een gegeven moment speelden ze zachte muziek, heel mooi, een beetje geil, zoals waar je naar luistert als je begint te neuken.

Feit is dat niemand danste omdat het pure mannen waren. Plots vroeg mijn vriend me om een beetje voor ze te dansen, om de bijeenkomst op te fleuren, waarvoor iedereen applaudisseerde, het idee vierde, en ik maakte me net klaar om ze een show te geven.

Ze droeg een korte, strakke jurk, eentje waar ik dol op ben, en vooral die jurk zorgde ervoor dat ik er super sexy, super mooi, super geil en super slet uitzag. Dat is het idee om zo'n jurk te dragen naar vergaderingen.

Ze dimden de lichten een beetje en ik begon heel sensueel te bewegen. Sinds ik een meisje was , had ik me heel goed ontwikkeld, maar nu, op 18-jarige leeftijd, had ik een spectaculair lichaam en een engelachtig en onschuldig gezicht, met een glimlach en een blik. dat deed iedereen smelten. elk.

Dus ik bewoog me een tijdje alleen, plotseling kwam er een jongen naar voren en pakte mijn middel van achteren vast, hij begon op mijn ritme te bewegen, de anderen vierden het met applaus en fluittonen. Ik voelde hoe het van achteren op me afkwam en me naar degene trok die bij mijn middel werd vastgehouden. Meteen voelde ik hem stoppen en hij gaf het aan mij tussen mijn billen. Ik stond op met mijn kont en bewoog me sexier, uiteraard discreet wrijvend tegen zijn pik. Maar iedereen merkte mijn beweging op.

Dat gaf moed aan een andere jongen en hij ging met ons mee in die erotische dans. Hij stond voor me en terwijl ik me bij mijn middel pakte, liep ik naar hem toe en hij begon ook vanaf de voorkant over mijn pik te wrijven. Dat maakte de andere kinderen gek, die niet konden stoppen met vieren en applaudisseren.

Ik begon al geil te worden, van die muziek, die jongens die me met hun lullen wreven, ik wist niet of wist niet hoe, maar plotseling raakte ik al hun lullen aan, de ene hand vooraan en de andere achteraan.

Ze begonnen me nog openlijker te betasten, tot vreugde van de andere jongens. Eén van hen tilde mijn jurk op, waardoor mijn billen zichtbaar werden, en begon ze geil te strelen. De ander die vooraan zat, pakte mijn borsten van de bar en begon ze te strelen en te zuigen. Meteen gingen mijn tepels rechtop staan en werden superhard, zoals ze altijd doen als iemand mij aanraakt, een teken dat ik het leuk vind en dat ik al geil ben.

Bijna zonder na te denken stak ik mijn hand in hun beide broeken, en bijna onmiddellijk trokken ze hun broek uit, waardoor hun pikken zichtbaar werden, dus begon ik ze allebei heel geil te strelen.

Een andere jongen kwam dichterbij en begon zijn hand tussen mijn benen te leggen en mijn geslacht aan te raken. Hij besefte meteen dat ik al supernat was, vanwege hoe geil ik was geworden. Hij trok ook snel zijn broek uit, ging met zijn gezicht naar boven op het tapijt liggen en zette mij bovenop hem, terwijl hij zijn hele pik diep in mij stak, tot vreugde van de anderen die niet konden stoppen met feesten. De andere twee jongens met wie ik vanaf het begin was, begonnen zijn pik in mijn mond te stoppen, om beurten, ik pakte ze vast en zoog aan ze, terwijl de andere jongen me naar zijn zin neukte.

Toen ik het hem kwam vertellen, waren alle jongens al helemaal naakt en pakten

ze om de beurt hun pikken vast en
zuigden eraan, dus werden ze allemaal
om de beurt door zijn pik gezogen.

Daarna lieten ze mij om de beurt
bovenop hen zitten en stopten hun pik in
mij, zo gingen ze allemaal. Ik wist nooit
zeker of het 6, 8 of 10 mannen waren die
mij die dag een lul gaven. Het
belangrijkste is dat ik een geweldige tijd
heb en zij natuurlijk ook.

Ik liet mezelf door iedereen neuken in
elke positie die ze maar konden
bedenken, en om beurten neukte ik mij.
Er waren ongelooflijke momenten
waarop ze me twee aan twee
penetreerden, de een van voren en de
ander van achteren, en daarna om
beurten, zodat iedereen aan de beurt
was.

Zo bleven we een hele tijd, nemen en
nemen, ik weet niet meer hoe vaak ik

kwam, maar ik herinner me dat ik ervan genoot als nooit tevoren.

Ten slotte zetten ze me op mijn knieën in het midden en bijna tegelijkertijd kwamen ze allemaal in mijn mond, op mijn gezicht, op mijn tieten, in mijn haar, waar ze elkaar ook raakten. Het was een geweldige ervaring, de eerste keer dat ik deelnam aan een orgie, en de waarheid is... ik vond het geweldig.

Uiteraard werden deze bijeenkomsten verschillende keren herhaald, soms brachten ze een of ander meisje mee om de bijeenkomst meer op te fleuren, maar meestal waren het allemaal mannen.

ONTROUW MET VOLWASSEN

Sinds ik jong was, fantaseerde ik altijd over het idee dat ik op een dag, als ik getrouwd was, mijn man zou bedriegen met een vreemde.

Dit idee heeft me altijd achtervolgd sinds ik single was.

Nu ik getrouwd ben, begonnen die ideeën onverwachts steeds vaker mijn gedachten te vullen.

Ik fantaseerde dat ik mezelf voorstelde een vreemde te neuken en soms masturbeerde ik zelfs terwijl ik me voorstelde hoe dat avontuur eruit zou zien.

Ik heb me gerealiseerd dat ik al een heel geil meisje ben geworden, misschien ben ik dat altijd al geweest, maar nu schijn ik er meer zin in te hebben en het idee om iemand anders dan mijn man te neuken maakt me extreem geil, tot op het punt dat ik nat word. denk alleen maar aan die situaties.

Ik heb er altijd over gefantaseerd, maar nu het reëler begon te worden, werd ik er een beetje zenuwachtig van en vond ik het meer dan nodig spannend.

Dus op een dag besloot ik bij wijze van grap advertenties te gaan plaatsen op discrete pagina's voor volwassenen, het soort waarop meisjes zichzelf aanbieden aan mannen. Op dit moment leek dit mij allemaal leuk en geil en ik masturbeerde met het idee dat ik op een dag een vreemde zou neuken.

Het probleem begon toen iemand op een van mijn advertenties reageerde. Dat had ik niet verwacht, ik weet dat ik elke dag over dat idee fantaseerde, maar nu was er plotseling een vreemde die me schreef dat hij met me wilde neuken, dat hij van mijn foto's hield en dat als ik dat wilde , we zo spoedig mogelijk zouden kunnen ontmoeten.

De waarheid is dat ik er bang van werd. Het idee dat je met een andere man in bed ligt, is niet hetzelfde als in werkelijkheid op hem springen, dat maakte me extreem nerveus.

dus niets geantwoord. Ik bleef kalm en vergat het bijna, toen ik plotseling meer reactiemeldingen kreeg op verschillende van mijn advertenties.

Dat was echt verrassend.

Verschillende onbekende mannen wilden me neuken.

Vroeger waren het gewoon mijn fantasieën, maar nu lag de kans voor mij open om het waar te maken, niet met slechts één, maar met wie ik maar wilde, dat maakte me erg rusteloos maar ook erg geil. Ik had de kans om te neuken met wie ik maar wilde en het enige wat ik hoefde te doen was ze allemaal accepteren.

Dus begon ik de profielen van sommigen van hen te controleren.

Eén daarvan trok krachtig mijn aandacht.

Het was een oudere man, ongeveer 65 jaar oud.

Je weet hoe volwassen mannen mijn delirium zijn .

Daarom heb ik zijn profiel wat aandachtiger gelezen.

Als ik twijfelde of ik wel of niet met hem uit zou gaan, toen ik las dat hij 23 cm woog, dan heb ik geen moment meer geaarzeld.

Ik antwoordde meteen dat ik geïnteresseerd was.

Hij leek verrast omdat hij later bekende dat hij nooit had gedacht dat ik hem zou antwoorden.

Dus ontmoetten we elkaar in een wijk ver van de mijne, ik ging in een taxi en arriveerde op de ontmoetingsplaats.

Daar zat hij al, vol spanning te wachten. Dus zonder verdere tijdverspilling stapte ik in zijn auto en gingen we naar een nabijgelegen motel, iets heel discreets.

Omdat mijn verhaal een beetje lang is, zal ik je gewoon vertellen dat we verdomme al mijn verwachtingen hadden overtroffen.

Ik was erg nerveus aangekomen gezien de situatie, ik ontmoette een vreemde zodat hij zijn lul in je kon stoppen, het was niets, behalve dat ik nerveus was, ik was super opgewonden en supergeil.

Uiteindelijk verliep alles geweldig, we spraken af elkaar bij andere gelegenheden te ontmoeten en dat deden we ook.

Nu, na die ongelooflijke ervaring, was ik rustiger, kon ik beter nadenken en besloot ik definitief dat ik een uitstekende beslissing had genomen, nadat ik mijn fantasieën had laten uitkomen.

Met die ervaring stond ik mezelf toe om dingen beter te plannen en beetje bij beetje begon ik de uitnodigingen te accepteren die van vreemden naar mij toe kwamen.

Met volledige controle besloot ik wie wel en wie niet.

Dus begon ik alleen uitnodigingen van oudere mannen te accepteren.

Het moment kwam waarop ik dacht dat ik niet alleen een echte ontrouwe en etende hoer was geworden, maar ik begreep duidelijk dat ik eigenlijk een nymfomane was.

Ik had steeds meer de lul van een vreemde nodig. Er kwam een tijd dat ik bijna dagelijks aan het neuken was, dat was buiten elke fantasie die ik ooit had gehad.

Ik begon me echter ernstige zorgen te maken toen ik de behoefte begon te voelen aan niet slechts één pik, maar twee, of drie indien mogelijk.

Dus begon ik dates af te spreken met gewone vreemden en nam ik de taak op me om partners te werven, zelfs als ze elkaar niet kenden.

Mijn advertentie zei ongeveer dit:

Jonge ontevreden getrouwde vrouw beschikbaar, op zoek naar twee volwassen heren.

Voor mijn verbazing. Bijna vanaf de dag van de aankondiging kwamen er honderden reacties binnen.

Daarom heb ik de taak op mij genomen om een keuze te maken uit de kandidaten.

Ik was enorm opgewonden door de profielen van twee volwassen mannen die al ouder waren, ze zeiden dat ze tussen de 70 en 75 waren, maar zeer goed bedeeld pfff.

Ik reageerde onmiddellijk en we ontmoetten elkaar voor onze eerste date.

Onnodig te zeggen dat het een geweldige ervaring was om met dat koppel te neuken.

Ze gaven me bijna 4 uur lang een pik, ik zoog ze allebei goddelijk, ze neukten me en pakten me op naar hun zin en de mijne natuurlijk, het meest ongelooflijke en prachtige was toen ze me van voren en van achteren gaven dezelfde tijd.

Het was een ongelooflijke ervaring, die we uiteraard meerdere malen hebben herhaald.

Dit is hoe mijn opwindende seksuele leven zich afspeelde tussen paren pikken, waar ik op een ongelooflijke manier van genoot. Ik hield van het idee een ontrouwe nymfomane hoer te zijn geworden.

Die ene gedachte wond me enorm op, maar ik masturbeerde niet langer, ik pakte gewoon de telefoon. en klaar!!!

EINDE